엘리트 시선 26

들꽃처럼 살리라

김재삼 시집

엘리트출판사

이 도서의 국립중앙도서관 출판예정도서목록(CIP)은
서지정보유통지원시스템 홈페이지(http://seoji.nl.go.kr)와
국가자료종합목록시스템(http://www.nl.go.kr/kolisnet)에서 이용하실 수
있습니다. (CIP제어번호 : CIP2019010386)

들꽃처럼 살리라

김재삼 시집

엘리트출판사

시집을 내면서

'시(詩)는 곧 삶이다.'라는 말이 있다. 시는 시인의 정신을 대변하기도 한다. 사고(思考)는 매우 아름답고 깊이 있는 말이다. 나 자신의 성숙을 위해 척박한 삶의 터전에서도 흔들리지 않고 생각하기를 멈추지 않았다. 매사 이성적으로 판단하려고 노력하면서 내 인생에 시를 위안으로 삼았다.

주위 문우와 친구들의 권유로 용기를 얻어, 몇 년을 두고 망설였던 시집을 출판하게 되어 기쁜 마음 한량없습니다. 시인의 손끝으로 하얀 종이를 채워가는 시가 바쁘게 살아가는 우리의 가슴에 메마른 영혼을 촉촉이 적셔줄 수 있기를 마음에 담아 봅니다.

시집이 나오기까지 지도해 주시고 보살펴 주신 이성교 교수님께 감사한 마음 올립니다. 한 수 한 수 지은 것을 청계문학 장현경 회장님께 부탁하여 첫 시집 『들꽃처럼 살리라』를 발간하게 되었습니다. 장현경 평론가님과 마영임 편집국장님께 깊이 감사드립니다. 미숙한 글이지만 여러 선후배님께서 애독하여 주시고 많은 충

고와 격려로 지도 편달해 주시기를 바라면서 앞으로 끊임없이 전
진 노력하겠습니다.

한결같은 애정과 배려로 그동안 나에게 열렬한 힘이 되어주신
사랑하는 가족과 이웃 친지들께 고마운 마음 보내며, 저의 글을
좋아해 읽는 여러 존경하는 독자님들께도 건강과 축복(祝福)이 늘
함께하시기를 기원합니다. 여러분 사랑합니다!

2019년 봄날에

햇빛(日光) 김재삼

햇빛(日光) 김재삼 시인의 『들꽃처럼 살리라』 첫 시집 발간을 축하합니다.

국회의원 기동민
(더불어민주당, 서울 성북을)

김재삼 시인은 등단 후 시인으로 수필가로 지역사회에 아름다운 선행을 보여주고 있습니다. 또한, 우리 사회 불우한 이웃에 대한 따뜻한 마음을 간직하신 분입니다.

시인은 지역 복지센터에 한글 교실을 열어 글을 배우지 못한 어르신들께 배움의 즐거움을 익힐 수 있도록 돕고 있습니다. 지금도 우리 사회 그늘진 곳에 계시는 분들을 위한 김재삼 시인의 따뜻한 선행이 이어져 지역사회 귀감이 되고 있습니다.

더 나아가, 김재삼 시인의 아름다운 문학이 우리 사회 아픈 단면을 어루만지길 바랍니다. 시인의 맑고 잔잔한 글을 통해 우리 모두, 내면의 상처를 치유하는 시간을 갖게 되길 기대합니다. 김재삼 시인의 앞날에 문운이 전진하기를 기원하겠습니다.

사랑의 햇빛

장현경 〈시인, 문학평론가〉

기쁘지 아니한가

봄이 오고
여름이 가고
가을이 되어

가진 자도 덜 가진 자도
공수래공수거(空手來空手去)

엄동설한(嚴冬雪寒) 지나
햇빛으로 다시
그 평등한 시작

아, 사랑의 햇빛!

아버님 시집 발간을 축하드립니다

　인생의 삶 향상 정열을 다해 살아가시는 모습 불혹(不惑)을 훌쩍 넘어선 자식으로서 새삼 교훈으로 느끼게 됩니다. 이제 아버님은 고희가 지난 연세에도 마음속에 정열을 소탈하고 아름답게 정감을 불태워 밝고 잔잔한 시로 풀어내셨습니다. 그 식지 않는 도전과 열정에 새삼 존경스러운 마음 깊게 간직하겠습니다. 아버님, 만수무강하시고 문운에 행운이 가득하시길 빕니다.

기해년 새해 아침

가족을 대표하여 장자 김현돈

어머니 강연화(서예 작가)

맏딸 김현주 (전 연세대 교수)

사위 허해관(숭실대 교수)

장자 김현돈(폴리텍대 교수)

자부 김도희(위덕대 교수)

차자 김의현(일본 교토대 교수 겸 도시바 전자연구소)

자부 스사키 아야코(방송국 PD)

햇빛(日光) 김재삼 시집 발간을 축하하면서

우리 풍산 김씨 종중에서 청천 김진섭 수필가에 본받아 시와 수필에 등단하여 문학 활동에 노력하는 모습이 참으로 아름답다. 또한 서예와 문인화 부문에도 작가로서 사회에 기여하는 뜻 있는 노력을 하는 모습에 아낌없는 찬사를 보낸다. 젊은 시절에는 건축업에 종사하며 인생의 삶을 생활철학에 다져 온 귀한 시인이라 생각한다.

앞으로도 예술 활동에 더욱 정진하여 빛이 되길 바라면서 풍산 김씨 종중을 대표하여 축하의 박수를 드린다.

기해년 아침에
(주)중일 회장 김두현

차례

찔레꽃 필 때면

이름 모를 들꽃

3 고향 산천을 그리며

가을 연가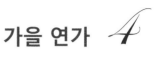

설화(雪花)

인생(人生)길

인생길은 굽이굽이 휘돌아 흐르는
마침내 어느 한 곳에 도달하는 흐름이다

인생 살다 보면 곧은 데도 있고 굽은 데도 있듯이
우리가 선택하지 않는 난관도 있고
선택된 시행착오도 있다

쉽고 편할 때도 있고 힘겹고 어려울 때도 있다
기쁨도 오고 슬픈 때도 있다
하지만 선택했던 아니던 모든 길은
저마다 자기 앞을 살아가는 과정
피할 수도 없고 피할 필요도 없다

자신이 가야 할 외로운 인생길
목표와 방향을 절대로 잃어버리지 말자
비바람 피해 가는 인생길은 없는 것이다.

김재삼 시집

들꽃처럼 살리라

찔레꽃 필 때면

찔레꽃 필 때면
분홍빛 화음에 그리움 생각나
자주 고름 다홍치마 곱게 차린 이뿐이
지금은 어디에서 무엇하고 지낼까!

5월의 여신

창공에 떨어지는 백설의 꽃잎
콧바람 그리워
낙엽을 밟아본다

새 희망에 부푼
나뭇가지마다
초록빛 환한 웃음으로

5월의 여신은
어김없이
꽃을 지우고
초록 세상 만들어

메마른 가슴
푸른 꿈을
가득 심어 주네.

찔레꽃 필 때면

찔레꽃 필 때면
하얀 가슴 열고 상큼한 향기 품어
깊은 산속 두견새 울음소리
고요한 적막을 깬다

그리운 정에 마음 조이고
앞뜰 풀숲엔 개구리울음소리
앞 방죽 은빛 물결 반짝일 때면
옛 시절 얼굴들이 가슴 조인다

분홍빛 화음에 그리움 생각나
시린 마음 달래주는 고향이 있어
자주 고름 다홍치마 곱게 차린 이쁜이
지금은 어디에서 무엇하고 지낼까!

춘삼월

따사로운 햇살이
포근한 바람으로 봄을 떠밀고
선발대 순위 따라
생강나무 산수유가 꽃향기 전해준다

꽃이 먼저 잎이 먼저
제 나름대로 봄을 알리는
아리송한 봄 향취
땅속에서 잠자던 새싹 머리 내밀면
앙상하던 나뭇가지도 눈망울이 커간다

봄을 즐기는 여행객들 콧바람 즐겁고
곡조 따라 춤추는 신선이 되어
겨우내 숨겨둔 속 가슴 뻥 뚫려
봄노래 불러보자 행복의 전율을.

향수

지나온 시간을
봄길 위에 앉으면
실타래처럼 풀어지는
아지랑이 추억

채송화 꽃잎처럼
오밀조밀한 추억들
돌담길을 거닐며
꿈같은 지난날을 떠올려 보네

저물어가는 바람 같은 세월
할미꽃 마음 지금도 붉어
한 장식 넘겨보는 나만의 향수
바래가는 향으로 깊어만 가내.

매화

산골짝 음지에는
아직도 빙설이 분분한데
성급한 홍매화 백매화가
꽃망울을 활짝 터트린다

곱고 고운 너의 모습
아름다운 그 향기
가슴에 품고 싶은 욕망

긴 잠에서 깨어나
얼굴부터 내민 성급한 여인이여
앵두 같은 그 입술에
누가 입 맞추랴

벌 나비도 오지 않는 꿈속
찬 이슬 모진 바람
참고 견디는
눈물의 여인이여!

민들레꽃

길가 양지쪽에
겨울을 깨고 새 희망을 노래하는
노란 얼굴

흘러가는 세월 속에
눈물 머금고
고요히 웃어주는 민들레꽃

달빛과 별빛에 밤이슬 맞아
오가는 인파 엿보며
아무도 모르는 누군가의 사랑

삶의 씨앗으로 하얀 머리카락
바람에 띄워 허공에 날리고
민머리 하늘 보며 생을 마감한다.

봄이 오는 소리

야목은 지금도 꿈나라인데
매서운 살바람 나뭇가지를 때린다
따사로운 햇살 지면을 녹이고
정원의 난초 고개를 내민다

부지런한 산수유
노란 꽃망울 틔우고
봄 향기 놀란 개구리
눈 떠서 소리치네

노란 새싹들아
초록 청운 꿈꾸라고.

들꽃처럼 살리라

외진 산속에
한 포기 들꽃처럼
순박하게 꽃 피우고
행복하게 향기 피워 살리라

찾아오는 사람 없어도
사랑이 없어도
어차피 나 홀로 길이라면
나만의 길을 걸어가리라

외롭고 험하더라도
난 저 산속에 곱게 핀 들꽃처럼
순수하고 아름답게
살다 가리라.

바람아

바람아 불어라 아주 세차게
과욕과 불신
더럽고 치사한 욕심
모두 날려다오

비우지 못해 쌓이는 번뇌
바라만 보는 부귀영화
갈등과 오만 명예의 굴곡
모두 날려다오

내 마음 넓은 들에
하얀 깃발 꽂아
더러운 삶 어두운 세상없는
하얀 순정 심어주렴.

봄 길

남촌에 꽃이 피었다는
바람의 소식에
벌써 마음속엔 야릇한
낯선 기운이 소살 거려

꽃 피고 새 우는
향기 품은 봄
바람 끝 머문 들머리
진달래 개나리 봉오리 부풀어

그대처럼 가슴을 열고
살랑대는 꽃바람에
수줍어 얼굴 붉히며
그대와 함께 걷고 싶다.

봄 햇살처럼

봄 햇살처럼
꽁꽁 얼어붙은 당신의 마음
내가 녹여 주리다
따스한 햇살로 포근히 감싸
아름다운 서사시를 그대에게 바치리라

봄 햇살처럼
언제나 따스한 입김
삼라만상이 울긋불긋 꽃피는
그 향수 아름다운 이 계절
따뜻하게 봄 햇살 비춰주리

봄 햇살처럼
따스한 열성(熱誠)으로 그대 가슴에
파란 새싹 움트고 꽃 피는 계절
행복 가득 화폭에 실어
아름다운 그림 하나 바치고 싶다.

봄 향기

산뜻한 향기 마시며
걷는 산과 들길에
아지랑이 아른거리며 졸고 있다

냉이 쑥 캐는 아낙네
보고파 찾아간 그곳

파릇파릇 솟아오른 풀 향기
잊었던 계절이 가슴에 와 안기네

봄 향기 가득한 춘심의 바람
미인의 품속에 취한 행복한 나그네.

봄의 길목에서

따뜻한 열기로
얼어붙은 대지를 녹이는 태양
볕이 쬐는 정원엔
암탉이 꼴꼴 거리며
햇병아리와 행복에 취해있다

뒷산 계곡에는
아직도 바람이 찬데
정다운 새소리 눈 녹는 물소리
버들강아지도 매끄러운 털옷에
봄이 좋아
아지랑이에 취해 있다

양지바른 언덕에는
따사로운 햇살이 내려앉고
새순은 살며시 고개를 들어
기다리던 봄은
이렇게 찾아오고 있네.

남몰래 피는 꽃

남몰래 피는 꽃은 향기로 부끄러워서
꽃잎에 맺힌 이슬은 수줍은 눈물인가
미움도 그리움도 세월 속에 묻혀버리고
사랑에 울던 남자도 이별에 울던 여자도
웃으며 눈물짓는다. 아아 아, 바람 속에
오늘도 울며 남몰래 피고 지는 꽃이여!

벗어버린 나무에도 꽃은 피네

훌훌 벗어 버리고
혹한 추위 앞에
반짝이는 하얀 눈꽃을 피워

앙상한 가지마다 희망을 싣고
오연한 표정에
무엇이 싹트는가

눈부시게 아름다운
웃음 속엔
감격의 눈물 눈꽃을 피운다.

새봄이 와

아지랑이 아른아른
새봄이 강산에
노란 언덕 돌담 개나리꽃 환한 미소
솔숲 사이 진달래 붉게 타는데

전주대 높은 둥지 까치 한 쌍이
새끼 먹이 입에 물고 교차하여 날아들고
겨울을 벗어던진 나뭇가지에
연둣빛 어린 손 하늘 보며 살며시 미소짓네

들에는 냉이가 향기를 뿜고
길가에 민들레 노란 웃음소리
하늘에 화공이 그린 수채화
진하게 더 짙게 이 강산을 칠한다.

김재삼 시집

들꽃처럼 살리라

이름 모를 들꽃

한적한 들 길가
순박하게 피어나는 너
봄 햇살을 재촉하는 넌
티 없이 맑은 귀 부인

8월 삼복더위

태양열은 대지에 강하게 쏘아댄다
덥다. 한증막이다
땀방울이 빗방울이다
무성한 초목들도 더위를 못 이겨
지쳐 있는 모습들

저녁 하늘 별들도 구름에 떠밀리고
불청객 모기떼가 못살게 괴롭힌다
바람도 피해 가는 삼복
매미 떼는 뭣이 그리 슬퍼서
밤낮으로 울어 대나

오늘이 입추라 하건만
아직도 말복은 오고 있으니
시원한 바다 맑은 계곡 찾아가는
피서인파에
화끈 달아오른 8월 삼복.

가버린 한 세월

한 세월
떠나버린 시간 앞에
무심코 서 있네

만나고
헤어진
수많은 인연들의 사연

주야장천(晝夜長川)
긴긴 하루
이리도 밤은 길까

칠순이 지나도록
먹어온 목록들이
한 타령으로 넘나더니

시간은 오경을 지나도
태양은 아직
체온처럼 따사롭다.

해바라기 꽃

노란 꽃잎
둥글게 꿈처럼 펼치고
우두커니 서서 누굴 기다릴까

아침 햇빛 바라보며
미소 짓는다
그대도 나를 보면 활짝 웃어주니

까만 밤 지세며
나는 너만
기다리다

그만 고개 숙이고
어느새 까맣게 가슴 태우고

일편단심 묵묵히 바라보면서
너는 나만 좋아해
나도 너만 좋아해
해바라기 꽃.

향기 진한 치자꽃

집안에 자욱한 치자 꽃향기
그대 오신 것 보았습니다
한없이 즐거움을
지니고 있었습니다

새하얀 꽃송이 노랗게 물들면
그리움이 깊은
사랑의 결실인 줄 알았습니다
까만 어둠에도 향기 품어

벌 나비 유혹하는
치자꽃의 청초한 매력
순결한
내 사랑인 줄 알고 있었습니다.

저 꽃들처럼

기껏해야
여흘이나 보름
피었다가 지는 생
저 꽃도 아름다운 향기 피워
지는 날까지 방실방실 웃는데

인생의 꽃밭에도
저 꽃들처럼
사랑하며 환히 웃으며
아름답게 살아갈 수 없을까
생의 향수 풍기면서.

삼척 맹방 해수욕장

파도가 밀려오고 가는
바다가 하얀 백사장
빨간 해당화 꽃 곱기도 하다
비키니 차림 연인들의 즐거운 시간을
카메라에 살짝 담아본다

지평선 멀리 떠도는 배
갈매기는 곡예하며 끼룩끼룩 우는데
멋진 몸매 자랑하는 연인들의 조잘대는 웃음
바닷물에
검게 타는 피부는 어쩌려고

다정하게 거니는 연인들의 사랑
밀려왔다 밀려가는 줄 파도가
연인들의 사랑을 질투하는 듯
거닐던 발자국 말끔히 지워
지나온 고독이 무상한 줄 미처 몰랐네.

소원

아픔을 나누고
행복을 같이하며
사랑을 베풀며 살아가고 싶다

영광스러운
내 인생의 꽃
좋은 인연의 만남들

아무 힘없고 가진 것 없어도
맑고 고요한 영혼으로 살고 싶다
파란 하늘 빛나는 태양처럼

내 인생 따뜻한 가슴에
아름답게 더욱 아름답게
꽃 피워 가며 살고 싶다.

이름 모를 들꽃

한적한 들 길가
순박하게 피어나는 너
봄 햇살을 재촉하는 넌
티 없이 맑은 귀 부인

작지만 진한 향기
노랑 파랑 붉은 사랑으로
바람에 일렁이는
너의 살랑이는 자태

순수한 아름다움
행복의 전율을
내 마음 가득 선물해 주는
귀엽고 순수한
이름 모를 들꽃.

연꽃(蓮花)

흙탕물 연못에 연꽃이 피었네.
수줍은 아가씨 얼굴 붉히며
맑게 해맑게 함박웃음 머금고
상기된 얼굴 예쁘게도 피었네.

세상인심(世上人心) 더럽혀졌는데
올바른 선비정신 일편단심 연꽃이여
아리따운 모습으로
예쁘게도 피었네

흙탕물 정화시켜 극락정토(極樂淨土) 하면서
동그란 꽃망울 피어나는 꽃
널따란 잎사귀에 고인 이슬이
해맑은 청로수(淸露水) 구슬이 되어
햇빛에 반짝이니 오색 빛 영롱하다.

너와 나의 인연

우연한 만남
살며시 싹튼 연보랏빛 사랑
향기로 가득한
너와 나의 인연

만남의 깊이만큼
새로이 자라나는 인연
봄날의 정서 같은
소중한 아름다운 인연

어제도 오늘도 내일도
은은한 향기로 살며시
그려보는 행복
피어나는 핑크빛 꽃송이.

도선사 가는 길

– 부처님 오신 날에

송홧가루 청아한
바람의 향기
들리는 새소리
마음 맑다

지장보살 살펴보는
따사한 햇살
파란 할미꽃
고개 숙인 미소

청담 스님 법문 연
번뇌의 맑은 영혼
따스하고 포근한
부처님 마음.

동행

이 세상
파란 풀을 바라보며
예쁜 꽃과 오손도손 생각하며
좋은 친구 되어
동행하는 길 행복하다

있을 때
배려하고 사랑하며
두 손 꼭 잡고 같이 가자
가까운 친구 멀리 떠나면
그 슬프고 쓸쓸함

부귀영화 다
내 곁을 떠나면 소용없는 것
초지장도 마주 잡는
걸어도 같이 가는
동행 아름다운 길.

두려워 말자

파란 하늘에 먹구름 밀려오고
넓은 바다에 세찬 파도가 일면
내 마음속에도
시들어가는 장미꽃같이
그늘진 아픔이 오고 있다

두려워 말자
나의 곁에는 밝은 햇빛
잔잔한 바다가 살며시 웃고 있다

못다 핀 꽃 활짝 피어
영육의 고난 말끔히 씻어

아픔 뒤에 성숙함
고생 뒤에 오는 낙
언젠가는 오겠지

세파에 찌든 삶 지나면
밝은 세상 살아 보라고.

바람

내가 한 그루 나무였을 때
흔들고 지나가던 바람

세월은 흘러
그대가 떠나간 자리에
나 홀로 쓸쓸히 기다리는
앙상한 한 그루의 나무로 서 있다

겨울이면 찾아오는 그대
잊힌 지난 추억들이
가슴 깊이 스며들어
눈발 속에 흩날려도

나는 그곳에서
추억의 노래를 부르리라
해가 뜰 때까지.

감사한 마음

감사는
사람다운 최고의 미덕
감사한 마음 다시 나에게
행복한 길 웃음의 근원

감사의 깊이에
감사의 나무에 만족의 꽃 피우고
그 꽃에서 결실한다

감사는 무에서 싹 터
의. 식. 주. 공기. 햇빛. 자연.
모두가 감사한 데
위대한 교양인의 결실
야비한 자여 감사를 알까!

그림 속 보화

번쩍이는 누런 황금
반평생 노력한 걸 작품
나의 애칭 부자 영감

그 노력 그 시련 누가 알고 있을까
소유자는 나

애착이 간다. 눈뜨면 보고
감상만 하는 애물 걸작

빈손으로 가는 생
버리자. 마음 편히.

내 그림자

빛을 보며 비춰주는
내 형상의 그림자

의사소통할 수없이
고요한 달밤 더욱 잘 보여

검은 그림자 그대는
버릴 수 없고 뗄 수 없는
이 세상 동행자
내 그림자.

기도

얽은 바람에도
흔들리는 이 마음
청산에 소나무같이 늘 푸른
눈보라 모질게 휘몰아쳐도
늘 그 자리 있게 하여 주소서

삶의 고개마다
정의롭고 아름다운 꽃을 피우고
저무는 햇살에도 구김살 없이
늘 기쁘고 보람된 마음 담아
결실의 영광 보여 주소서

싱싱한 마음 푸른 꿈으로
한 세상 원 없이 살았다고
후회 없이 살았다고
추억으로 남게 꼭 잡아 주소서.

나팔꽃

아침에 피고 저녁이면 지는 꽃
나팔꽃
그 순리를 알겠다.

보랏빛 향기 가득 안고
둥근 세상 줄기 감아
둥글게 피는 꽃

햇살이 좋아 햇볕 속에 피는
사랑의 꽃
평화의 꽃.

사돈 허 생원을 보내면서

달이 중천에 혼자 뜨네요
차가운 눈빛 우릴 보고 있는데
어찌 그리 서둘러 떠나가셨습니까

맏아들 내외 보석 같은 손자들
모든 인연 다 끊은 채
눈 감고 가셨나요

눈이 아프도록 그리던 부귀영화
천만년 보금자리 기다리고 있던 가요
안암동 이상 갈비탕 저녁 식사가 마지막
돌아올 수 없는 먼길 떠나실 줄 알았으면

미아리 고개 돗자리 깔아
인간 세상 바라보며 모든 회포 풀어가며
기우는 달 지고 먼동 틀 때까지
이별의 잔 나눌걸.

김재삼 시집

들꽃처럼 살리라

3

고향 산천을 그리며

조상의 숨결이 고이 잠든
산과 산 마주 보며
정담 나누는 곳
바람처럼 구름처럼
내 영혼 꽃 피우고 싶다

고향 마을 오미동

쾌적한 3번 국도 달려보자
설렘 달래며 달려가자
오미동 이정표 반가운 마음
포근한 산속 마을 내 살던 고향

새들 노랫소리 풀벌레 소리
우정 깊은 흙냄새 젖어드는 향수
부모님 계시던 곳 우리 형제 자란 곳
대대로 살던 곳 유서 깊은 내 고향

소리쳐 불러 봐도 형태뿐인 옛 모습
눈가에 맺는 이슬
부모님 사랑인가 불효자 뉘우침일까
유래 깊은 고향마을 조상 은덕 서린 곳.

고향 산천을 그리며

내가 태어나 뛰놀던
솔숲 우거진 양지바른 산야
조상의 숨결이 고이 잠든
장엄한 광석산

저 멀리 낙동강 물
굽이굽이 빛나
산과 산이 마주 보며
정담 나누는 곳

고향 산천에 가고파라
천년 집 짓고
부모님 바라보며 조부모님 품 안에서
바람처럼 구름처럼
내 영혼 꽃 피우고 싶다.

아내의 마음

누가 이 마음 알까
격변하는 세대를 헤치고
가정 위해 자식을 위해
모진 풍파 넘었다

당신의 손마디 발자취
고통의 눈물 참아
승리의 종소리 울렸다

세계가 하나 문명은 우주를 오가는데
백설의 머리 아래 임금 왕 자 그려놓고
집 떠난 철새 보고 아직도 태산 걱정
누가 이 마음 알까!

휴전선의 산새 되어

휴전선의 산새들 평화롭게 살면서
철조망을 모르며 자유롭게 오가네
남과 북 비둘기처럼 다 같이 정답게
우리는 한 민족 하나 된 조국

서로 손잡고 통일의 길 틔우고
말과 글이 똑같은 반만년 역사 문화
우리는 하나다
한겨레 한 민족 하나 된 한반도.

흙냄새

밭에서 김매던 젊은 시절
잡초와 싸움하노라면
흙냄새 물씬 풍겨온다

맨발로 밭고랑 밟고 가노라면
폭신한 흙 포근한 촉감
엄마 품에 노는 듯

산과 들 흙냄새가
고향 품에 안기듯 편안해지고
고향의 흙 향긋한 풀꽃 냄새 그리워

흙이 좋아 와서
흙에 살다가
흙으로 돌아가는 인생.

보고 싶다

그대 곁에 없어도
내 마음속에 있어
향상 그리운 마음을
그대에게 전하면

기다림의 날들은 길어지고
그리운 마음은 변함없어
사랑했던 추억들을
마음속에 담고

지난날의 흘러간 추억들이
바람 타고 왔다 이슬처럼 사라지는
꿈속에 영상이 꿈틀거린다
보고 싶다. 눈물이 난다.

소리

졸졸
주룩주룩
뚜벅뚜벅
똑 딱 똑 딱

어디론가 가고 오는 소리
세월이
뚝, 떨어지나
솨, 흘러가나

이 세상 어디에도 없는
흔적 없는 무상의 소리.

인생은 바람 같은 것

인생은 바람 같은 것이냐고 물으면
나는 말하리
젊은 날의 아름다움도 추억 속에 머물고
청춘도 한때 왔다 가는 것이라고

인생 또한 한 번 가면 되돌아올 수 없는
오늘 불던 바람도
내일이면 또 다른 바람으로
하늘에 두둥실 떠도는 구름도
덧없이 흘러가노니
우연히 나를 만났던 인연들은
구름과 바람 같은 것

홀연히 늙어가는 인생
바람과 구름 같구나
속절없이 가는 인생 열차
역도 없고 이정표도 없네
종착지는 어딘가 그때는 언제인지.

불심(佛心)

– 불일(佛日)에 화계사에서

대웅전 부처님은
말없이 언제나 미소 짓는다
중생이 있는 곳마다
자비의 광명 밝히는
그 크나큰 위력

푸른 가지마다
꽃 피우고 싶은 내 욕심
가시 달린 장미가 날 유혹하는지
내가 장미꽃을 좋아하는지
어지럽고 복잡해 분별할 길 없고

부귀영화 바라보며
멀고 먼 길 달려왔건만
하늘 높이 날랐는지 땅속 깊이 숨었는지
잡을 수 없다

그 자리에 엎드려
청량한 감로 법(甘露法)은 귀담아듣고
부처님께 소원하니

모든 짐 내려놓고 마음 비운 가슴으로
사소한 것부터 하나둘
수행하며 살라 한다.

사랑하는 마음

나는 그대를 사랑합니다
핑크빛 장미꽃 같은
오색 무지개가 찬란한
진주같이 맑고
보석같이 아름다운
마음속의 빛이기에

나는 그대를 사랑합니다
모든 것을 다 주고
내 영혼 그대 속에 있으니

그 사랑
동쪽 하늘 무지개 타고
넓은 저 하늘 날고 싶어라
푸른 하늘 밝은 빛
비춰 주리니.

사랑의 결실

무명의 들꽃도
벌 나비 찾아와
큰 사랑을 맺는다

꽃과 벌이 동행하여
씨앗을 만들 듯
사랑은 그렇게 이루어져요

사랑은 둘이 하는 거요
화려한 짝사랑
결실이 없지요

사랑은 태양과 같습니다
구석구석 둘러보며
아름답고 밝은 미소 내지요.

사랑의 불꽃

첫사랑 사랑의 불꽃
가슴 깊숙이 간직하고
영원히 꺼지지 않는 활화산 되어
아름다운 한 송이 꽃이 된다

심연의 깊은 골에 숨어 피어도
향기를 뿜어내는 난이 된다
꽃잎은 떨어져도 뿌리에 남아
새순을 싹 틔워 더 굵은 꽃으로

내 사랑 영원불멸의
사랑의 불꽃 되어
고귀하고 고운 자태
향기 진한 난 꽃으로 활짝 피우리.

삶

비우고 씻어도
다시 고이는 눈물
닿을 수 없는 욕망의 자락

꽁꽁 언 겨울 들판에
떨고 있는 저 새 한 마리

반짝이는 별빛도
꽃비로 내리면
은밀한 속삭임의 정

떠나온 자리는 언제나
후회와 아쉬움의 연속

날 수도 없는 젖은 날개로
휘말려 가는 생명이란 삶.

생(生)과 사(死)

생명이란 주제로
희로애락이란 아린 사연
기억 속에 심은 삶
여기엔 시기와 희망이
꿈틀거렸고

너덜거린 텁석 뿌리
시린 머리칼 엮어
심장은
추억 속에 간직한
사연 다 뿌리치고

꿈 잃은
영상들이 춤추는
까만 노을 속에
조용히 눈을 감는구나
생과 사.

세월아, 너만 가면 안 될까

저 푸르고 울창한 나무
갈바람에 옷을 벗는다
한 겹 두 겹

내 마음속 푸른 꿈도
얼굴엔 계급장 더하고
가슴속 항아리는 자꾸만 줄어 가고

피할 수 없는 인생길이라면
어찌할 수 있으랴
힘들고 피곤해도 걸어야 할 길

아직 할 일이 수없이 많은데
누리며 뒤안길도 가보고 그림자도 밟고

햇빛 이슬 맛보며
천천히 가고 싶구나, 세월아
세월아, 너만 가면 안 될까!

어제 오늘 내일

어제 오늘 내일은
속절없는 세월
이곳에 내가 있다

어제는 추억이고
오늘은 현실이고
내일은 미래의 그림이다

어제를 회상하며
오늘은 잘 살고 있는지
다가오는 내일을 설계한다

기다리던 내일
바로 오늘인데 행복한 마음
세월은 또 한 해를 주고 가네.

아버지

이 세상 가장 높고 넓은 아버지
자식 앞에선 산산이 부서지는 유리잔
풍족한 세월도
아버지의 웃음은 가난해지고

넓고 넓은 세상
자식 위한 짐 지게 내려놓지 못하고
다 성장한 자식
아버지 눈엔 늘 어린애 같아

혹 늦은 날이면
굽은 허리 지팡이 의지해
대문 밖에 밤이슬 맞던
아버지 모습

장성한 자식 아버지 되어도
그 마음 알지 못하는
철부지 눈엔 그리움만 샘솟고
효 한번 못다 한 죄 눈물 고인다.

안동역 이별

코스모스 활짝 핀 안동역
떠나가는 기적소리
송이마다 꽃송이에
이정표 남기고
눈물 싣고 떠난다

떠나가는 기적소리
못내 아쉬워
두 손 흔들며 그리움 달랜다
눈물 실은 기적소리
내 심금 울린다

목 빼고 배행하는
가냘픈 그대
일편단심 그리움
떠나는 기적소리
내 가슴 타오른다.

어머니

무겁고 고단한 삶
인생의 강 건너실 때
얼마나 힘이 들었을까

세월의 한복판
홀로 남은 자식

따뜻하던 그 품속
허공에 뜬 그 이름
목 놓아 불러봅니다

어머니!

김재삼 시집

들꽃처럼 살리라

가을 연가

알록달록 안마당엔
보랏빛 설렘으로 가득
붉게 익은 감은
부끄러워 고개를 숙인다

가을 연가
– 고향 집 풍경

고향 집 담장에는
누렇게 익은 호박이 생긋이 웃고
초가집 지붕엔 빨간 고추가
맑은 눈빛으로 파란 하늘을 쏘아보고 있다

알록달록 안마당엔
보랏빛 설렘으로 가득
붉게 익은 감은
부끄러워 고개를 숙인다

달콤한 가을이 노래하는데
내 마음 아는지
까맣게 익은 해바라기
나보단 더 큰 키로 금빛 들녘을 바라본다

풍성하고 알찬 가을
내 생의 성격처럼
언제나
야무지고 짓궂다.

가을이 왔네

색동옷 코스모스
살랑대는 유혹에
시원한 바람이 살랑살랑

빨갛게 익은 고추잠자리
예쁜 꽃잎에
앉아본다

바람이 흔들어
고추잠자리 주위를 맴돌며
어여쁜 얼굴 연약한 몸매 못 잊어

파란 하늘 허공에서
주변을 떠나지 않고
술래잡기하고 있다.

노란 들국화

비탈길 언덕에
노란 들국화
바람서리 시달리며 참아온 나날들
외로움 달래며 향기를 뿜는다

벌 나비 날아들면 고운 미소로
모진 고난 참고 활짝 피었다
승리의 꽃 평화의 꽃
노란 들국화.

코스모스 꽃

아침 이슬 머금고 강변길 걷노라면
가냘픈 몸매에 아름다운 아가씨
해맑은 미소에 손 흔들며 반기고

해 뜨면 하늘 보고 활짝 웃으며
바람 따라 한들한들 춤추는 그대
그대는 코스모스 꽃

예쁜 그대 모습 풍겨오는 향수에
못 잊어 그리워서
한가롭게 떠가는 조각구름 머물고 있다.

허수아비

황금물결 일렁이는
빛 고운 논두렁
허울 좋은 허수아비 참새 무리 쫓는데
밀짚모자 누더기
각설이 하다 왔나

바람에 소매 흔들며
후여, 풍경소리 울리고
약아빠진 참새
밀짚모자 위에 살며시 앉아 보고
한 번 속지 두 번 속을까

먹이 찾아 날아드는 참새 떼
기막혀 말 못 하는 허수아비
바람에 신세타령이라
가을 해는 서산마루에
붉은 노을 토해내고 있다.

황금 들녘

무르익은 들녘에는
황금물결 찰랑대고
티 없는 푸른 하늘
햇볕이 구름 쫓아

오곡은 풍만한 가슴 내밀고
수줍어 무거워 고개 숙인다
메뚜기 떼 날뛰며 숨바꼭질
잠자리 떼 맴돌며 비웃고 있다

풍성한 들녘 황금 열매
지나는 나그네 눈이 황홀해
넓은 들녘 바라보며
자연의 신비함에 감탄한다.

억새 숲을 거닐며

하얀 억새꽃 갈바람에 담고
황혼빛 서러워라. 눈시울이 붉다

속삭이는 억새 숲
하얀 머리 반짝일 때

노을은 어느새 어둠으로 밀려와
숨어드는 별빛 달빛 젖은 가을
이리 오라 손짓한다

다가서면 멀어져 가는
아리송한 추억 속에 세월
하얀 숲에 담은 사랑

깊어가는 가을
짧은 햇살 붙들고
허무한 환상에 빠져든다.

저녁노을

해가 서쪽 하늘에 기울어
멋진 한 폭의 그림을 그렸다

자연이 빚어낸
찬란한 빛의 환상들이

황혼 뒤에는
달님이 기다림
반짝반짝 별빛의 축복이
또 다른 낭만의 세상

인생의 황혼도
뉘 아름답다고 말했나

다져진 경륜과 이론들이
나이만큼 소중한
지나온 추억들.

통일이여 오라

맑고 고요한 아침의 나라
동방을 밝히는 등불의 나라
단군의 피를 받은 한라산 백두산

왜놈의 침략에 순이 꺾이고
고통과 괴로움에 피맺힌 동포여
철의 장벽 울타리 한 맺힌 민족

두 줄기 새순 틔워 성장하였다
한 줄기 행복해도 반쪽은 서러우니
마주 앉아 웃을 날 기다리면서

통일이여 오라
아름다운 금수강산 무궁화 심고
태극기 높이 달고 만세 부르자.

하늘을 날고 싶다

풍선처럼 하늘을 날고 싶다
구름도 멈춰 선
맑고 파란
저 하늘을 거침없이 날고 싶다

파란 마음 파란 희망
꿈꾸던 마음의 고향
그곳에서 마음껏
하늘을 날며 살고 싶다.

홍릉 수목원을 걸었다

눈부신 아침 햇살
초목들은 녹색 짙은 드레스를 입고
아침이슬 촉촉한데
풍기는 산소 향 온몸을 자극한다

내 그대 벗하여
산등성이를 타고 걸어가니
이름 모른 초목에 내 눈이 혼동한다
아름다운 모습 소박한 미소가 좋아

내 그대 품에 있으니 편안하고 행복해
나는 그대 무성하길 기원하고
그대도 내 건강 돌봐주니
무병장수 따라
홍릉수목원을 한 바퀴 걸었다.

회상(回想)

지나온 세월
마음을 두고 온 나날들이 그립다
시인은
하얀 오선지에 불러보고 싶어
새까만 연필로 그렸다 지웠다

두견화 우는 마을
노래에 귀 기울여도
산자락 모퉁이를 맴도는 전령사
바람이 되어
시인의 머릿속에 안개처럼 왔다가 간다.

오미동(五美洞)

– 구시나무 거리에서

내가 자란 오미동에는
작년에도
금년에도
내년 그 후년에도
인자하고 고고하게 서서
잘 왔다고 웃으며 포근히 감싸 준다

도시의 빌딩 숲속
제 자랑에 살아온 나날들이
새삼 그려지는 고향 오미동

조잘거리는 산새
재롱에 얼빠진 청설모들
동리를 휘감아 불어오는 전설들이
흐르는 땀 속살까지 파고드는 청량함

서쪽 하늘 곱던 노을
서산마루 넘어도
떠나고 싶지 않은 그 자리

은은한 향수 냄새 임들의 품속 인지
입가에서 맴도는 이름 오미동.

구시나무: 선조께서 심어놓은 9수 버드나무 수령 500년

추석이 되니

고향 생각
부모님 모습
큰 태양같이 떠오른다

죄인이 따로 있나
생전에 효도 한 번 못한 한(恨)
평생 애달프고

세상사 핑계로
성묫길 오르지 못해
부끄러운 삶 얼굴 못 들고

가장 서러운 일 가슴만 태우고
그 죄스럽고 미안함
눈시울만 젖습니다.

찻잔에 어린 그리움

달빛 사이로
하얀 찔레꽃 피던 날
찻잔에 떠 있는 달 그리움도
사랑을 속삭이는구나

작은 추억마저 허락 없는
가엾은 너의 모습
언제나 홀로 되는 그리움
불청객인지

몰아쉬어 숨 차는 가슴
진정할 길 없는
너와 나만의 이야기
찻잔에 어린 그리움

달빛 감도는 찻잔에 띄우고
너만의 향기로
그리운 가슴 달랜다.

내 팔자대로 살겠다

생(生) 마지막까지
이 짧고도 긴 세월
슬픈 눈물 소낙비 내려도
주어진 팔자 원망하지 않는다

외로움만큼 고통이 와도
언제 올지 모를
마지막까지
마음의 문 활짝 열고

따스한 봄 당신의 품에서
황홀한 여름 당신을 만나고
넉넉한 가을 당신 어깨에 기대어
옷 벗을 겨울이 올 때까지

나는 주어진 팔자대로
인생에 순리를 걸어가겠다
무섭고 두려움 없이
이 세상 모든 것 사랑하면서.

만추(晚秋)

이파리 붉게 타오르는 아우성
그 소리 어디선가 들려온다
청운의 꿈

어디로 떠나고

기력 잃은 붉은 잎
지난날 사연 담아 바람에 싣고
집 나간 아람에 전해
추울까 봐 겹겹이 덮어준다

떨어진 낙엽 앙상한 나뭇가지
눈보라 참고 다시
새봄을 설계해야 하는 희망의 아우성
그 소리 멀리서 들려온다.

.

가을 그리움

색동옷 입은 산하(山河)
하늘엔 솜털 구름 번지는
그곳에 내가 있다

황금들녘으로도
채우지 못할 그리움

바람에 떨어지는 낙엽
더 이상 억누를 수 없는 애달픔
떨어진 낙엽 밟으며
지나 온길 돌아본다

마음속 깊은 곳까지
파고든 갈대숲 밀화

햇살에 눈부신
하얀 손수건 흔들고
그리움 가득해지는 이 가을.

5

설화(雪花)

앙상한 가지에다 소복소복
어찌 저리도 고운 순백의 꽃을 피울까
산과 들 지붕 위에도 하얀 눈이
몽글몽글 피어나는 설화 송이
내 하얀 영혼 설화가 된다

삶이란 향기

내 삶은 향기 나는 인생이 되고 싶다
봉사하고 발전하는
생동감 넘치는 폭넓은 삶

시인이자 수필가로
무언가 남기고 싶은 욕망
삶이란 향기

마음속에 영혼을 글에 담는 향기
아리땁고 고요하며 은은한 향
모두 나에겐 소중하네.

가을에서 겨울로

불꽃같이
산야를 물들이던 황금물결도
찬바람의 기세에 밀려
떠나고 있다

눈이 오는 겨울
온 세상은 하얗게 변할 거야
내 마음에도 함박눈이 내리고
행복도 눈송이처럼 쌓이네

사랑의 열정이 싹터
따스한 그대의 온기가
그리운 기다림

겨울이
문을 열고 올 것 같은 찬바람
하얀 사랑은 샘물처럼 솟아
바람은 벌써 함박눈이 내리고 있다.

선어대 가는 길

굽이치는 낙동강 물
옛 추억을 휘어 감아
유유히 흐른다

그 강물 가슴에 담고
뚜벅뚜벅 둑길을 걸어본다

하얀 백사장엔 옛 정취 그립고
하늘에 눈 부신 태양
강물 위에 반짝이니
한 폭의 멋진 영상

추억의 고교 시절
자라 잡던 강물에 뛰놀던 백사장
숙박하던 과수원집 어디 가고
그 자리에 아파트가 웬 말인가!

정월 대보름 놀이

첫걸음 대 보름달
희망 품은 가장 큰달
서산에 해지자 동녘에 붉은 달

청솔가지 꺾어서 달집 태우고
연기 속 떠오르는
보기 힘든 큰달

먼저 보고 소원 빌면 소원 성취한다고
대 자연에 의지하는 인간의 본능
오곡밥에 검은 나물 부럼 깨는 우리 풍속

농악에 흥이 나서
지신 밟는 풍물 소리
올해도 풍년이요, 내년에도 풍년일세

조상들의 세시 풍속
싸리 윷에 윷말 쓰는 웃음꽃
지혜 깊은 우리 유산.

설화(雪花)

찬바람 잠든 나의 정원에
앙상한 가지에다 소복소복
어찌 저리도 고운 순백의 꽃을 피울까

그립던 상념인가
산과 들 지붕 위에도 하얀 눈이
몽글몽글 피어나는 설화 송이

가슴 벅찬 찬란한 표정
안아보고 뽀드득뽀드득 밟고 싶지만
깨어지고 부서질까
설레는 마음 하얀 설원만 바라보면서

저 황홀한 눈꽃 송이
애절한 그리움에
내 하얀 영혼 설화가 된다.

어떻게 지내는가?

이렇다 할 자랑거리 없어도
든든한 아들딸 있고요
힘들지만 할망구와 귀여운 손자 손녀
보면서 웃으면서 지내요

호화로운 별장은 아니지만
물 좋고 공기 맑은 평창강
금당산 계곡에는
편히 쉴 수 있는 곳 있어요

서울 성북 상월곡동 살면서
고향 안동 풍산 오미동에 큰 울타리 있고요
잘하지 못해도 서예 문예창작 하모니카
문화 활동 즐기면서 지내요

가진 것 없고 줄 것은 없지만
친우들과 어울려
정 주고 기쁨 나누고
건강한 마음 지니고 살아가네요.

황혼을 맞으며

큰 빛으로 떠오른 태양
언제
서쪽 하늘을 붉게 물들였나

새벽을 깨운 먼동
밤하늘에 반짝이는 별빛
아름답게 물든 경이로운 자연
이것이다

세월 속의 황혼 기약 없는 내일
오색 무지갯빛으로 장식하고
생의 마지막 산화되는 육신
그 모습 처량하고 허무하다.

외길

돌아보지 말자
네가 머무를 곳 아닌데
따스한 바람 불어와도
고개 돌리지 말자

볼품없는 초라한 모습
그대로
네가 바라는 곳
네가 좋아하는 곳

먹구름 앞을 막고
비바람 거세게 불어도
네가 가야 할 길
참고 견디며 묵묵히 걸어가자

눈 부신 태양이 반겨 주는
오색 무지개 반짝이고
서러운 눈물 마음대로 흘려줄
그런 외길 걸어가자.

첫눈

하늘에서 하얀 솜털 날라 온다
내 머리카락에 옷섶에
고요히 파고드는 오후 한나절

지나온 계절의 미련
하얀 눈빛 길동무하였건만
어느새 하나 물방울이 되었네

첫눈의 하얀 마음
물방울 되어
여기저기서 모이니 강물 될 줄이야

물방울 땀방울 되어
찌든 때 말끔히 씻어내고
티 없이 부드러운 첫눈으로 왔으면.

청춘은 가고

추녀 끝에 걸쳐 않은
노을빛이 서럽다
대문 옆 감나무 위 까치 한 마리

깍깍 깍 중얼댄다
기쁜 소식 있을까 뛰어가 보니
곱게 핀 코스모스 활짝 웃고 있다

누렇게 익은 감 노을빛이 서러운 단풍잎
녹색 짙은 푸른 꿈
청춘은 가고

노을빛 바라보는
서글픈 이 마음을
어쩌면 좋아!

눈 내리는 겨울 풍경

우윳빛 하늘에
하얀 천사가 수없이 내려온다
소리 없이 티 없이
소복소복 쌓인다
나뭇가지에도 장독대에도
온통 하얗게 덮어 버린다

우산 쓴 아낙네들 종종걸음에
이웃집 할아버지 미끄러질까
더듬더듬 헤매고
뒤따르는 강아지 깡충깡충 뛰는 길
흔적만 남는 듯 사라진다

그동안 살아온 오물들을
하얗게 덮어 하얀 세상 하얀 마음
백설 같은 동심이
살아온 꿈과 욕망을 말끔히 비우고
백설 공주 같은 마음으로
살라는 안내자인가!

눈이 오네

천상의 그대는
함박눈이 되어
시야가 순백의 꽃송이 마음
산천에는 은빛 평화 꽃으로 피고

살아온 날들의 허물 덮어
살아갈 세월 새 출발하라고

하얀 눈꽃 송이 순백의 진리
기쁨과 행복의 노래
부르게 하네.

또 한 해가 간다

찬바람이
나목의 시린 깡마른 가지에
눈꽃이 필 새도 없이
갑오년의 마지막 날도 간다

썰렁한 도심 속
침묵의 두려움에
모진 바람이 또 하나의 상념들을
흔들어 깨우고 있다

거친 세파가 밀려와
하얗게 부서지는 시간 속에
지나온 세월의 아픔을 토하는 흔적들이
아름답고 깨끗한 눈꽃 송이로 내린다

이젠 어둠 속에 꿈틀거리던 욕망의 그릇에
하나하나 쌓인 흔적들을
눈꽃 송이로 덮어
깨끗이 지우고 싶다.

마음이 울적할 때

마음이 울적할 때
하늘을 봐요

얄싸한 구름 속엔 웃음꽃이 송송
구름도 반가운 듯 손잡고 가네요

마음이 착잡하면
하늘을 봐요

아스라한 파란 하늘
햇빛에 가려서
외롭다고 눈물 흘려요.

고향 그곳에는

추색으로 곱게 물들고
찰랑찰랑 달린 황금 벼 이삭
지붕 위엔 가을이 내려와 앉아 있다
연두색 굵은 박 하얗게 여물어

감나무 가지엔 주렁주렁
달콤한 홍시 눈에 보인다

서리 맞은 사과 맛
잊을 수 없어
고향의 가을 그리며
그곳에 부푼 솜털 구름 바라본다

서울 생활 억누를 수 없는 애달픔에
노여움만 짙어가고.

꽃보다 당신이

밝은 미소
장미꽃보다 아름답고

고운 마음
백합꽃보다 고와라

뜨거운 사랑
양귀비보다 예쁘고

달콤한 행복
난 향기보다 짙어라.

그대 있어

그대 있어 피어나는
고운 내 웃음
웃음 뒤에 숨겨둔
사랑하는 마음은

그대 생각에 피운
내 마음의 꽃밭
향기로 가득 차옵니다

그대 향한 내 사랑
오래오래 사라지지 않게
내가 만든 꽃길
손잡고 동행합시다.

기억은 지워지고

세상 모든 기억은 지워지고
가물거리는 인생 살고 싶은 욕망
기억 상실로 좁아지는 삶
어찌할까!

한땐 총명하던 기억
살아온 세월만큼이나
정신없이 달려온 삶
뒤돌아보니 희미한 그림자

기억은 쇠퇴해져 너울거리고
해는 저물어 기억 또한
갓난아이로 되돌림 하는지
나를 슬프게 한다

살면서 저지른 잘못한 일
모두 지워버리고
'근심 걱정 없이 살라!' 는
신의 마지막 선물인가!

떠나버린 내 청춘

내게 떠나버린 이팔청춘
죽마고우 손잡고 동네방네 조잘대던 시절
도랑 막아 물놀이 하던 동무
땅따먹기 자치기하던 시절
지금은 다 추억 속에 묻었는데

왜, 그리운가!
떠오르는 달빛 같은 청춘
잡을 수 없어 떠나보낸 내 청춘이
그림자 속에 그려지는 젊음
다시 돌아온다는 약속도 없이

어느새 할아버지가 된 지금
떠나버린 내 청춘아
얄미운 젊음아
지나가는 바람도 얄미운
그 세월이 그리운 회상(回想).

생활 속에 피는 꽃 그 향기 담아

이성교(李姓敎)
(시인 · 성신여대 명예교수)

생활 속에 피는 꽃 그 향기 담아

이성교(李姓敎)

(시인·성신여대 명예교수)

1. 시의 출발과 향수

　한 시인의 성장을 말하면서 그 시인이 살아온 환경을 먼저 더듬는 것이 순서다. 더 설명할 필요 없이 그 시인이 살아온 환경이 도시이냐, 시골이냐 또 시골이라 하더라도 들과 산이 있는 농촌이냐 아니면 바다를 끼고 있는 어촌이냐– 등 여러 환경으로 나눌 수 있다.

　여기에 따라 시의 성격도 달라진다. 자연정서를 중시한 서정시, 도시생활에서 오는 지적인 시, 참여시– 등 여러 가지로 나타나기도 한다.

　이렇게 전제하면서 여기에 논하고자 하는 김재삼 시인은 자연의 아름다운 환경 속에서 성장해온 사람이다. 그의 고향은 경북 안동인데 굳이 안동의 배경을 설명할 필요 없이 아름다운 자연이 있는 곳, 그 중에서도 흙냄새 물씬 풍기는 농촌마을이다. 같은 자연, 같

은 농촌이라도 예부터 내려오는 고유한 풍습, 남다른 예의범절로
이름난 안동태생이란 점에 늘 자부심을 갖고 살아온 분이다.

이러한 환경 속에서 살아온 김재삼 시인이 인생의 한참 꿈이 열
리는 청년시절, 생활의 터전을 도시로 옮겨 살면서도 자연이 감싸
주던 그 옛날을 못 잊고 살아왔다.

내가 자란 오미동

작년에도

금년에도

내년 그 후년에도

인자하고 고고하게 서서

잘 왔다 웃으며 포근히 감싸준다

도시의 빌딩 숲속

제 자랑에 살아온 나날들이

새삼 그려지는 고향 오미동

조잘거리는 산새

재롱에 얼빠진 청솔모들

동리를 휘감아 불어오는 전설들이

흐르는 땀 속살까지 파고드는 청량함

서쪽하늘 곱던 노을

서산마루 넘어도

떠나고 싶지 않은 그 자리

은은한 향수 냄새 임들의 품속 인지

입가에서 맴도는 이름 오미동(五美洞)

— '오미동 구시나무거리에서' 전문

　고향 마을 오미동(五美洞)의 풍경을 잘 그리고 있다. 오래간만에 고향 마을에 가본 소감을 아주 담담하게 잘 피력하고 있다. 〈인자하고 고고하게 서서 / 잘 왔다 웃으며 포근히 감싸준다〉로.

　고향을 떠나 살다가 고향에 가보니 세상의 삶(현재생활)과는 관계없이 모든 자연이 웃으며 반겨주고 곳곳에 어린 전설들이 바람에 실려와 몸을 감싸주고 있다는 것이다. 〈흐르는 땀 속살까지 파고드는 청량함 / 서쪽하늘 곱던 노을 / 서산마루 넘어도 / 떠나고 싶지 않는 그 자리〉에서 보듯 고향은 언제나 사랑의 보금자리인 것이다.

　김재삼 시인은 꿈이 많았다. 자랄 때부터 눈앞에 전개된 아름다운 자연 속에 항상 무엇을 그리고 싶었다. 그래서 꿈 많던 청년시절 고향을 떠났던 것이다.

　이러한 심정은 고향을 그리워하여 노래한 〈안동역 이별〉에서도 잘 나타나 있다. 〈코스모스 활짝 핀 안동역 / 떠나가는 기적소리 / 송이마다 꽃송이에 / 이정표 남기고 / 눈물 싣고 떠난다 // 떠나가는 기적소리 / 못내 아쉬워 / 두 손 흔들며 그리움 달랜다 / 눈물 실은 기적소리 / 내 심금 울린다〉 고향을 떠나는 이별의 아쉬움을 진정 그대로 표현하고 있다.

　그는 고향을 떠나 남다른 각오로 산 까닭에 중년에 와서 어느 정도 생활의 기반을 잡고는 그 옛날에 가졌던 높은 이상 영혼의 아름다움을 위하여 글씨쓰기와 그림을 그렸고 그 끝에 시를 쓰기 시작했다. 이 시의 세계는 일반 사람들이 생각하는 여기(餘技)의 경지를 넘어서 인생생활의 높은 경지이기도 하다.

특별히 김재삼 시인은 온 정력을 시 쓰기에 바쳐 오다가 드디어 문단활동의 큰 관문인 문예지 『청계문학』지에서 등단했다.

2. 그리움 속에 다시 피는 꽃

김재삼 시인이 문단에 새얼굴을 보인 후 주로 많이 쓴 시는 고향의 시다. 누구나 고향은 사랑과 아름다움이 가득 고여 있는 어머니와 같은 존재여서 어디에 살든 눈감을 때까지 잊을 수 없는 곳이다.

이러한 고향의 정서를 잘 노래한 시가 〈고향 산천을 그리며〉〈고향마을 오미동〉〈흙냄새〉 등이다. 이 향수의 미학에서 깊이 스며 있는 것이 삶에 있어서 인간의 사랑이다.

〈그대 곁에 없어도 / 내 마음 속에 있어 / 항상 그리운 마음을 / 그대에게 전하면 // 기다림의 날들은 길어지고 / 그리운 마음은 변함없어 / 사랑했던 추억들을 / 마음속에 담고〉. 이 시는 〈보고 싶다〉라는 작품 1, 2연이다. 그대 곁에 없어도 항상 마음속에 큰 환영으로 남아있는 임을 잘 노래했다.

이런 시는 〈사랑하는 마음〉〈아내의 마음〉〈사랑의 결실〉〈사랑의 불꽃〉 등에서도 크게 남아 감동을 주고 있다. 이런 사랑에서 보는 큰 감정은 그리움을 불꽃으로 늘 가슴에 새기고 있다.

이렇게 볼 때 김재삼 시인의 시의 싹은 고향을 그리는 향수에서 돋아났다고 볼 수 있다. 그의 시에 유난히 자연적인 소재가 많이 동원됨도 이러한 역사에서 추출할 수 있다.

이러한 자연 사랑에서 삶의 고운 사랑도 찾을 수 있다. 자연을 통한 미의식 가운데 사람의 한평생과 똑같은 꽃을 많이 노래한 것도 주목된다. 〈연꽃〉을 위시하여 〈나팔꽃〉〈치자꽃〉〈찔레꽃〉〈해바라기꽃〉〈민들레꽃〉〈매화〉 등 많은 꽃이 제 나름의 특성을 지니며 살고 있다.

3. 생활을 가꾸어가는 큰 詩, 굳은 의지

그의 시는 자연스럽게 산과 들에 좋은 햇볕 받아 피는 꽃이 아니라 예기치 않던 비바람 속에서 피는 꽃이다. 그래서 그의 시는 표현에 있어서 쉬운 듯 하지만 그 속에 담겨있는 고백의 시는 눈물을 머금고 있다.

그가 항상 어려운 생활 가운데서도 고향의 아름다운 정서를 늘 지니고 있는 까닭에 고뇌에서 피는 꽃 그의 시는 절망의 나락에 떨어지지 않는다. 그것은 그가 어려운 생활을 헤쳐 나가는데 오는 인내 때문이다.

이런 시는 감정의 갈래로 볼 때 의지의 시라 할 수 있다. 가령 그의 시 가운데 〈봄 햇살처럼〉〈남몰래 피는 꽃〉〈바람〉〈하늘을 날고 싶다〉 등은 의지의 힘을 마음속에 가꾼 좋은 본보기들이다. 이러한 자연적인 소재는 흔히 서경시에서 보는 객관적인 자연이 아니라 한발자국 더 물러서서 마음속에 그리는 주관적인 자연이다.

그러면서 그의 많은 시에서는 항상 생명이 이는 자연친근의식이 조화롭게 잘 나타나 있다. 이런 시 정신으로 그의 시는 생활가운데 큰 빛을 발하고 있다.

> 파란 하늘에 먹구름 밀려오고
> 넓은 바다에 세찬 파도가 일면
> 나의 마음속에도
> 시들어가는 장미꽃 같이
> 그늘진 아픔이 오고 있다
>
> 두려워 말자
> 나의 곁에는 밝은 햇볕
> 잔잔한 바다가 살며시 웃고 있다
> 못 다 핀 꽃 활짝 피어
> 영육의 고난 말끔히 씻어

> — '두려워말자'의 일부

이 시의 주제는 굳은 정신 〈두려워말자〉이다. 큰 목적 달성을 위한 굳은 정신 〈두려워말자〉는 흡사 전쟁터에 나선 용사와 같은 마음가짐인 것이다. 자칫하면 이런 시는 어떤 외침을 앞세운 관념의 시이기 쉬운데 이 시는 용케도 깊은 마음속에 이는 어떤 현상을

조용히 섞어서 표현했기 때문에 그런대로 읽힌다.

2연에서 〈두려워말자 / 나의 곁에는 밝은 햇볕 / 잔잔한 바다가 살며시 웃고 있다 / 못 다 핀 꽃 활짝 피어 / 영육의 고난 말끔히 씻어〉 같은 표현이 그것의 대표다.

김재삼 시인이 노래한 인생 삶의 시에서는 어려운 세파를 헤쳐가는 큰 힘 인내심도 잘 나타내고 있지만 그 속에서 피워내는 사랑의 따스함도 많이 찾아볼 수 있다.

그의 많은 시 특히 그 가운데서도 자연친근의식이 곁들인 시에서 볼 수 있는 일인데 그는 되도록이면 인생을 여유 있게 긍정적으로 살고자함을 볼 수 있다. 있는 그대로가 아니라 자기 나름의 목표를 향해 굳은 의지로 살고자함도 볼 수 있다. 그의 시에 〈인연〉〈기도〉〈감사한 마음〉〈저 꽃들처럼〉 같은 시가 그것을 잘 담고 있다.

이상으로 그의 시를 살핀 결과 그는 보통 시인이 아님을 발견하게 되었다. 즉, 그는 먼저 시가 갖춰야 할 본바탕에서 자기의 특성도 잘 나타내었다. 특히 그의 주어진 생활, 현실에서 늘 인내를 가지고 미래를 바라봄도 나타났다.

이런 시의 세계를 바탕으로 하여 앞으로 그만의 깊은 시의 세계가 열릴 것을 기대한다.

들꽃처럼 살리라

초판인쇄 2019년 3월 20일 초판발행 2019년 3월 25일

지은이   김재삼
펴낸이   장현경   펴낸곳   엘리트출판사
등록일   2013년 2월 22일 제2013-10호

서울특별시 광진구 긴고랑로15길 11 (중곡동)
전화 010-5338-7925
E-mail : wedgus@hanmail.net

정가 10,000원

ISBN 979-11-87573-15-9 03810